D0728061

Ma petite amie

Viens visiter notre site
avec ou sans ta petite amie :
www.soulieresediteur.com

Ma petite amie

un roman écrit par Alain M. Bergeron
et illustré par Sampar

SOULIÈRES ÉDITEUR

case postale 36563 — 598, rue Victoria
Saint-Lambert (Québec) J4P 3S8

Soulières éditeur remercie le Conseil des Arts du Canada et
la SODEC de l'aide accordée à son programme de publica-
tion et reconnaît l'aide financière du gouvernement du
Canada par l'entremise du Programme d'Aide au
Développement de l'Industrie de l'Édition (PADIÉ) pour ses
activités d'édition. Soulières éditeur bénéficie également du
Programme de crédit d'impôt pour l'édition de livres –
Gestion Sodec – du gouvernement du Québec.

Dépôt légal: 2010
Bibliothèque nationale du Canada
Bibliothèque et Archives nationales du Québec

**Catalogage avant publication de Bibliothèque et
Archives Canada**

Bergeron, Alain M.

Ma petite amie

(Collection Ma petite vache a mal aux pattes ; 99)

Pour enfants de 6 ans et plus.

ISBN 978-2-89607-117-3

I. Sampar. II. Titre. III. Collection: Collection Ma
petite vache a mal aux pattes ; 99.

PS8553.E674M3 2010   jC843'.54   C2010-940966-3
PS9553.E674M3 2010

Conception graphique de la couverture:
Annie Pencrec'h

Logo de la collection:
Caroline Merola

Chapitre 1

Elle s'appelle
Pascale-Amélie

Qu'est-ce qu'une petite amie ?

Pas besoin de me faire un dessin. Je sais que, d'abord, c'est une fille. N'empêche : une petite amie, ce n'est pas une fille comme les autres. Par exemple, Sophie Laroche, c'est une fille comme les autres.

Sophie n'est donc pas une

petite amie. Pas la mienne, en tout cas. Peut-être celle de Vincent Dagobert. Il m'énerve, celui-là... Toujours en train de se vanter et de prétendre qu'il a dix petites amies à l'école. Pourtant, il est aussi laid qu'un pou et à peine plus grand. Il collectionne les petites amies comme on collectionne les papillons. Un clin d'oeil, un sourire et hop ! une autre dans son filet, épinglée à son tableau de chasse.

Dix petites amies… c'est tout un harem ! Il se surnomme Vincent-le-sultan. Il est… insultant, le sultan ! dirait sûrement Anthony, mon meilleur ami, en blaguant.

C'est curieux, parce que je ne l'ai pas vu se promener main dans la main avec l'une de ses supposées petites amies. Pas plus que je ne l'ai surpris à donner un bisou à une fille. Bien que lui affirme qu'il en a embrassé trois. Il me les a montrées du doigt. Est-ce vrai ? Les filles sont-elles au courant ? Ou dit-il ça pour m'impressionner ? Moi, il ne m'épate pas du tout : il m'énerve !

Dix petites amies… Xavier Beaulieu, mon autre meilleur ami, a déjà eu une petite amie, une *blonde*. Elle s'appelait Eugénie. Elle était plus grande et plus costaude que lui. Un jour, il a bu trop de barbotine à la lime – l'effet est terrible – et, trop sûr de lui, il est allé la voir.

— Veux-tu être ma petite amie ?

BING !

Elle lui a répondu sèchement avec un coup de poing sur l'épaule. Il en est tombé à la renverse. Il s'est relevé et il est revenu vers Anthony et moi, avec un air triomphant ! Il nous a fièrement dévoilé la rougeur qui tatouait son épaule.

— Elle a accepté ! C'est sa marque d'amour.

Heureusement pour la santé de Xavier, Eugénie a mis fin à leur courte relation, préférant jeter son dévolu sur… Vincent.

Pourquoi est-ce que je me pose toutes ces questions ? Depuis ce matin d'avril, je me sens… différent. Quelque chose a changé en moi. Mais je ne suis pas capable de l'identifier.

Je ne vois plus les filles de la même manière. Sauf Sophie Laroche. Elle demeure une amie, mais pas une petite amie. Nuance !

Il y a cette fille dans ma classe. Elle s'appelle Pascale-Amélie Noël. Son pupitre est à ma gauche. Elle est originaire de la Chine et elle a été adoptée à l'âge de six mois par un couple de mon quartier.

Pour une fille, elle est exceptionnelle : belle, intelligente, charmante, sportive, allumée, enjouée. Mon portrait tout craché au féminin, quoi !

Si Pascale-Amélie me regarde, j'essaie d'être indifférent, mais je n'y arrive pas. Je tremble. Je perds le souffle. J'ai la gorge sèche. J'ai les mains moites. J'ai chaud ! Pour la première fois de ma vie, je transpire... Ça y est : je deviens un homme ! Il me faudrait un bon antisudorifique.

Tout, en cette fille, me fascine : sa bouche en coeur, son sourire radieux, ses yeux vert lime, sa façon délicate de tenir un crayon, de s'asseoir sur sa chaise, d'ouvrir son livre de lecture – elle lit *Zak, le fantôme*. Je devrais d'ailleurs m'intéresser à cet auteur...

Et quelle élégance quand elle se mouche. Tout en dignité, en s'excusant d'avoir éternué. Quand elle est près de moi, je peux sentir sa délicieuse haleine de

gomme à mâcher au pample-mousse… sans les pépins, bien sûr !

Bref, en un mot comme en cent, j'aimerais que Pascale-Amélie Noël soit ma petite amie…

Chapitre 2

C'est écrit dans mon visage

J'essaie de chasser Pascale-Amélie de mes pensées. Ce n'est pas une tâche facile. Dans l'autobus qui nous mène à l'école, en cette matinée printanière, elle est sur le banc voisin... comme dans ma classe.

— Pardon ?

Anthony, à mes côtés, me secoue légèrement.

— Je t'ai demandé, Doum-Doum, si tu consentais à me prêter un milliard de dollars…

— Oui, oui, lui dis-je, la tête ailleurs.

Vincent-le-sultan est plus loin, trois bancs en avant. J'ai le goût de me moquer de lui. Le garçon aux dix petites amies, le maître du harem, le tombeur de ces demoiselles, est assis… avec Xavier Beaulieu ! Quoi ? Il salue Pascale-Amélie ! Mes poings se crispent. Qu'est-ce qui m'arrive ? Je serais devenu jaloux, moi ?

La situation ne s'arrange pas au cours d'éducation physique. Le professeur, monsieur André, divise la classe en deux pour jouer au soccer dans le gymnase. Pascale-Amélie est dans le club de Vincent. Elle est attaquante. Je suis gardien de but de l'équipe rivale. Je préfèrerais être son partenaire plutôt que son adversaire.

La partie débute. Pascale-Amélie excelle dans ce sport. Elle déjoue habilement nos joueurs. Elle s'approche de mon filet, ballon au pied. Nos regards se rencontrent. J'ai l'impression que le temps fige. Je suis hypnotisé par tant de beauté.

Soudain, un objet rond s'interpose entre elle et moi : le ballon file à une allure folle ! C'est qu'elle a un terrible coup de pied, Pascale-Amélie.

Je ne réagis pas.

Boing ! Sur mon front !

Je vois des étoiles. Je me retrouve sur les fesses. Vincent saute de joie en levant les bras au ciel… enfin, vers le plafond du gymnase. De sa tête, il a saisi le ballon au bond et l'a projeté dans mon but. Il m'énerve, celui-là ! C'est vrai qu'il n'est pas habitué à se servir de sa tête ! J'espère qu'Anthony va lui faire cette blague-là. Parce que moi, je suis trop sonné pour le lui rappeler.

Mon ami Anthony et Pascale-Amélie m'escortent au bureau de l'infirmière de l'école pour s'assurer de mon état de santé.

— Ce n'est rien de sérieux, mais tu vas avoir un peu mal à la tête, m'avertit madame Piqûre – c'est son surnom.

— C'est vrai qu'il n'est pas habitué à se servir de sa tête, plaisante Anthony.

Je suis offusqué :

— Eh ! C'est pour Vincent cette blague-là, pas pour moi !

Je suis assis sur la table d'examen. Mes pieds n'atteignent pas le plancher. Pascale-Amélie, visiblement navrée, m'effleure l'épaule de son corps. Quelle sensation, les amis !

— Je m'excuse, dit-elle, désolée. Au moment où j'ai botté le

ballon, tu regardais pourtant dans ma direction.

— C'est vrai, remarque Anthony, mais il ne te voyait pas.

— Je retourne au gymnase pour le cours, annonce Pascale-Amélie. Ça va aller, Dominic ?

Mon prénom, dans sa bouche, est une si douce musique ! Je lui fais signe que je devrais survivre, tout en poussant un soupir. Elle referme la porte. Elle me manque déjà. C'est fou !

Anthony a son expression taquine des beaux jours.

— Ça a fait *Boum-Boum*, hein, Doum-Doum ? dit-il en rigolant. Pascale-Amélie t'a vraiment marqué.

— Qu'est-ce que tu crois ? lui dis-je, outré d'avoir été démasqué.

— Oui, l'impact est très apparent, signale-t-il, en montrant mon front. C'est écrit dans ta face ! Un peu plus bas, et elle te tapait dans l'oeil…

Je ne comprends rien à ce qu'il raconte. Mon ami m'entraîne devant le miroir.

Zzzut !

C'est très embarrassant… J'ai le logo du ballon de soccer imprimé sur mon front et le mot *adidas* écrit en bleu et à l'envers : ƨɒbibɒ.

— Ça devrait disparaître d'ici peu, note l'infirmière. Pour le reste…

— Quoi… pour le reste ?

— Je peux traiter les blessures du corps, dit-elle avec tendresse. Cependant, je n'ai pas de vaccin contre les coups de foudre…

Chapitre 3

Un billet doux

La nouvelle circule à la vitesse de l'éclair dans la cour d'école : Dominic est amoureux de Pascale-Amélie ! Dominic est amoureux de Pascale-Amélie ! Lalala la lèreuuuuuu !

La marque laissée sur mon front me transforme en une sorte de Harry Potter ; tous désirent y jeter un coup d'oeil. J'aurais envie de remonter le col de mon

chandail jusqu'à mes cheveux
pour la dissimuler à la vue de
tous. Mais je dévoilerais mon
nombril de bébé gâté. Ce serait
très humiliant.

— Doum-Doum, ce n'est pas
un secret. C'est aussi évident
qu'un coeur taillé dans l'écorce
d'un arbre avec vos initiales,
indique Anthony.

Xavier Beaulieu renchérit :

— Oui, je peux imaginer ça :

Pascale-Amélie Noël et Dominic Abel… P.A.N.D.A. – PANDA !

— Dominic est son gros nounours d'amour, s'esclaffe Sophie Laroche.

La rumeur s'est-elle rendue à Pascale-Amélie ?

L'écho des rires moqueurs de mes amis résonne encore dans le couloir lorsque j'entre dans la classe. Un éclair me transperce l'estomac. Pascale-Amélie est

assise à sa place. Nos regards
se croisent. Elle baisse les yeux.
J'ai l'impression qu'elle est mal-
heureuse d'avoir été la cause de
la marque sur mon front. À moins
qu'elle n'ait entendu ce qui circule à notre sujet.

J'y pense : puisque tout le
monde en parle, est-ce que ça

veut dire qu'elle devient automatiquement ma petite amie ? Ai-je besoin de sa permission ?

Vincent – il m'énerve, celui-là ! – demeure vague là-dessus. Je l'ai interrogé plus d'une fois.

— Comment fais-tu pour affirmer que telle fille est ta *blonde* ?

— Ben, c'est comme ça, me répondait-il, en haussant les épaules. Et puis, est-ce que tu demandes à un magicien de dévoiler ses trucs ?

Madame Geneviève, ma professeure, me ramène les deux pieds dans sa classe.

— Dominic ! Tu es dans la lune… Reviens avec nous.

Des rires discrets s'élèvent autour de moi.

— Il est dans la lune de miel, chuchote Anthony.

— Remets ton devoir de français au voisin à ta gauche, m'indique-t-elle.

Je m'exécute et je donne ma feuille à Anthony.

— L'autre gauche, précise ma professeure.

— L'autre voisine, ajoute mon ami.

L'autre gauche et l'autre voisine, c'est… Pascale-Amélie. Quand je lui passe mon devoir, le bout de nos doigts se touche. Nerveux, j'en échappe mon texte. Je me penche pour le ramasser en même temps qu'elle. Nos têtes se cognent ! Il y a eu un *TOC !* pour nos têtes, suivi de *Boum-Boum !* pour mon coeur, et de Hi ! Hi ! Hi ! pour l'ensemble de la classe.

Nous n'échangeons pas un seul mot. Nous partageons un

sourire timide et une bosse sur le crâne.

La journée s'est écoulée ensuite sans trop d'épisodes dérangeants. Ça me donne l'occasion de réfléchir. Conclusion : il faudrait que je m'assoie avec Pascale-Amélie dans l'autobus. Je dois lui en glisser un mot tout de suite.

J'écris ma proposition sur un bout de papier. Pendant que madame Geneviève rédige au tableau des règles de français, je refile le papier à Anthony pour qu'il le fasse suivre.

Mon invitation parcourt presque toute la classe pour stopper à… Sophie Laroche, qui la lit. Quel culot ! Elle me murmure en battant rapidement des paupières :

— Oui… J'y serai !

Non ! Ce n'est pas pour elle !

Elle le sait pourtant… Sophie-la-taquine tend le papier à Pascale-Amélie.

Ouf ! Je suis soulagé.

Pas longtemps !

Mon billet est intercepté à la dernière seconde par... madame Geneviève.

— On s'envoie des messages dans ma classe ? lance-t-elle, sur un ton tranchant.

Oh ! Non !

Elle le lit à voix haute tandis que mes oreilles rougissent à vue d'oeil :

« *Veut*-tu t'asseoir avec moi dans l'autobus ? »

Madame Geneviève, qui a reconnu mon écriture, m'interpelle :

— Dominic, qu'est-ce que je t'ai enseigné cette année ? *Veux* prend un X et non un T à la deuxième personne du singulier. Veux-tu ne pas l'oublier la prochaine fois ?

Ma professeure remet le billet à Pascale-Amélie.

— C'est pour toi. Tu lui répondras à la fin de la journée, d'accord ?

— Oui, madame Geneviève, lui dit-elle.

Elle se tourne vers moi et hoche légèrement la tête.

— Je vais te répondre oui à la fin de la journée, d'accord ? souffle-t-elle.

J'ai de la difficulté à retenir un cri de joie. Mets ça dans ta pipe, Vincent-le-sultan !

— Bon, enchaîne madame Geneviève, un rappel pour les mots qui se terminent en *ou* et qui prennent un X au pluriel.

Nous récitons : bijou, caillou, chou, genou, hibou, joujou…

Bijoux

Cailloux

Choux

Hiboux

— Il manque une exception, signale la professeure.

— Je sais ! bondit Anthony.

Il me réserve un clin d'oeil :

— C'est bisou-bisou !

Madame Geneviève s'amuse de cette trouvaille.

— C'est pou, Anthony.

Ma tête pique aussitôt. Une réaction automatique dès qu'il est question de pou, avec ou sans X.

— Bisou prend un S au pluriel, explique la professeure.

— Pourquoi alors, s'obstine mon ami, on ajoute toujours plein de X après ?

Chapitre 4

La maladie d'amour

Au retour à la maison, dans l'autobus, les garçons se bousculent pour inviter Pascale-Amélie à leur banc. Chaque fois, elle refuse poliment. Vincent-le-sultan se lève et désigne la place vacante à côté de lui. Eugénie, qui est à proximité, gronde. Immédiatement, Vincent se rassoit.

Pascale-Amélie poursuit son chemin jusqu'à mon banc... À NOTRE banc !

Notre premier rendez-vous depuis qu'elle est devenue, techniquement parlant, ma petite amie. Pourtant, d'un point de vue pratique, il faudrait que je lui demande un jour si elle veut sortir avec moi, non ? C'est compliqué pour une simple histoire d'amour !

J'y songe : mon billet insinue que je tiens à ce qu'elle soit ma petite amie, que je l'aime bien, que j'espère être souvent en sa compagnie. Tant en si peu de mots ! Je me suis surpassé.

Mais là, je suis... dépassé !

Un lourd silence règne dans l'autobus. On entend voler des mouches... et battre mon coeur. Pascale-Amélie et moi, nous

sommes le centre d'attention. Il est faux de prétendre que les amoureux sont seuls au monde. Surtout pas dans un autobus bondé d'une trentaine de jeunes qui se taisent pour écouter notre conversation. Mais de conversation, il n'y a pas. Nous sommes trop intimidés.

Le chauffeur est tellement surpris par le calme qu'il éteint le moteur. Il quitte son siège et s'adresse au groupe :

— C'est trop tranquille, ici ! Ça me déconcentre.

Sophie Laroche lui résume les derniers événements.

Le chauffeur nous dévisage, Pascale-Amélie et moi.

— Ben ! Continuez, mes Roméo et Juliette…

Il regagne sa place derrière son énorme volant et allume la

radio. C'est une chanson : *La maladie d'amour !*

Qu'est-ce qu'on fait maintenant ? On se prend la main ? On se fait un câlin ? On s'enlace ? On jase ?

— Il… il fait beau, hein ? dis-je, en bafouillant, à Pascale-Amélie.

Non ! Pas la météo ! Quelle idée stupide !

— Oui, constate-t-elle, machinalement.

Il pleut à boire debout !

Anthony corrige :

— Il fait beau dans leur coeur, c'est certain !

Un *aaaaaaaaaaaaaaaaaaaaah !* parcourt l'autobus.

Puis, une voix monte, imitée par d'autres. Bientôt, ça se transforme en un chant… Pire ! En un ordre !

— Un bisou ! Un bisou ! scandent les passagers.

— Ah ! là, c'est mieux ! s'écrie le chauffeur.

Non ! Non ! Non ! Non ! Pas en public !

Je n'ai jamais embrassé une fille. Ma cousine, Mariloulou, ça ne compte pas. Et c'était sur la joue, au jour de l'An, parce qu'on m'y avait forcé. Et elle avait le rhume. Et la varicelle… Et dire que je ne l'avais pas attrapée… jusqu'à ce baiser !

Les jeunes insistent : « Un bisou ! Un bisou ! »

Si ça continue, je vais me fâcher ! Et ça risque de dégénérer en prise de bec pour un bisou…

Anthony, mon meilleur ami, intervient :

— Terminé ! Ils se sont embrassés du regard ! Ça devrait vous suffire, bande d'excités.

Je sens la main de Pascale-Amélie frôler doucement la mienne. Elle me glisse quelque chose entre les doigts. Je m'empresse de cacher son cadeau dans la pochette de mon sac à dos.

C'est un témoignage aussi clair qu'un bisou et nettement moins gênant.

Épilogue

La prochaine fois que je m'exercerai à embrasser, dans la salle de bains, je n'oublierai pas de verrouiller la porte !

Ma soeur Isabelle entre à l'instant crucial de mon *exercice*. Elle hurle de stupeur avant de se précipiter dans la chambre de mes parents. Je m'élance sur ses talons.

— Papa ! Maman ! Dominic embrasse… le miroir !

— C'est pas vrai ! Il… il y avait plein de marques de TES doigts.

J'essayais justement de les effacer.

Mes parents se contentent de sourire.

— Sais-tu à quoi tu ressemblais, Dominic ? me dit-elle, les yeux pétillants de malice.

— Non !

— Tu avais l'air d'un poisson-nettoyeur d'aquarium !

Mes parents pouffent de rire. Je parviens à me retenir. Petite démone, va !

— Tu cherchais du poil sous ton nez ? reprend ma soeur, déchaînée.

Je me réfugie dans ma chambre, sous mes couvertures. Une main, version soeurette, me cogne sur la tête.

— Je n'aurais pas dû entrer dans la salle de bains sans frapper, s'excuse ma soeur.

J'émerge de sous les couvertures et je lui grogne un « C'est correct ». Elle s'assoit sur le bord de mon lit.

— J'ai un petit ami à la garderie, m'avoue-t-elle, les joues rosies par l'émotion. Il s'appelle Tristan. Je lui ai donné un bisou, hier. Et toi ? Tu as donné un bisou à ta petite amie ?

Inutile de lui révéler la vérité.

— Ce n'est pas de tes affaires...

8:18

— Ah ! traduit-elle. Ça veut dire : non… Ce n'est pas grave. Tu vas te marier avec elle ? Moi, je vais me marier avec Tristan, quand on aura six ans, tous les deux.

Ma mère interrompt sa fille : c'est l'heure du dodo. Mon père me rejoint. Nous avons une bonne conversation, d'homme à homme. Après des débuts hésitants, je lui dévoile tout. Il me comprend. Il a vécu la même situation à mon âge… et ce n'était pas avec ma mère !

Il me raconte que son premier amour s'appelait Charlotte.

— Tu l'as embrassée ?

— J'étais trop timide. Malgré tout, elle était ma petite copine. Notre grand amour a duré… huit jours. Elle m'a laissé tomber pour un plus vieux de 5e année. C'était un amour de cour de récréation, intense comme le tien.

— Dès que je rencontre Pascale-Amélie, j'ai des papillons dans le ventre.

Isabelle, qui écoute aux portes, s'exclame :

— Des papillons ? Je veux les voir ! Je veux les voir !

— Tu ne peux pas, ma chouette, dit mon père. Ce sont des papillons de nuit. Ils sont cachés.

Isabelle tape du pied et croise les bras sur sa poitrine. Elle boude.

— Ce n'est pas juste !

Ma mère la reconduit dans son lit tandis que mon père consulte sa montre.

— Allez ! Bonne nuit, mon grand. Il est tard.

Ravi de nos confidences, il m'embrasse sur le front. Ensuite, il éteint la lumière de ma chambre.

— Euh… papa ?

— Oui, Dominic ?

— Il fait un peu noir et…

Isabelle explose de rire :

— Dominic a peur du noir ! Je peux te prêter mon toutou pour dormir, si tu préfères.

De nouveau, maman intervient. Papa, avec bienveillance, allume la veilleuse près de mon lit.

Une fois seul, je fouille sous mon oreiller. Je dépose le cadeau de Pascale-Amélie sur ma table de chevet. À la lueur de la veilleuse, je lis et relis, avec émotion, les mots écrits sur sa photo qu'elle m'a remise dans l'autobus :

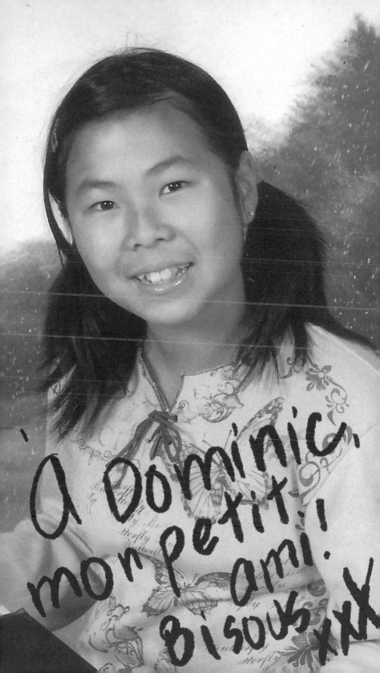

Alain M. Bergeron

L'idée du livre *Ma petite amie* m'est venue à la lecture d'un article de Sophie Allard dans le quotidien *La Presse*. Sous le titre « Le grand amour à 11 ans », la journaliste y racontait les témoignages de jeunes du primaire qui éprouvaient le grand sentiment amoureux.

J'y voyais là une occasion rêvée de mettre en scène mon ami Dominic Abel. Après les communications orales, les vaccins, les poux, les *De-De !*, le ski, la séance mouvementée de magasinage avec sa sœur Isabelle et même la prison, il méritait bien une belle histoire d'amour toute simple, non ?

Eh bien non !

Il n'y aurait rien de simple dans cette histoire-là ! Avec Dominic, c'est toujours plus compliqué... Comment déclarer son amour à une fille ? Qu'est-ce qui fait qu'une compagne de classe devienne une petite amie ? Faut-il faire une déclaration officielle devant témoins ? Y a-t-il un contrat à signer ?

Et puis, que fait-on si l'autre accepte ? On s'enfuit ? Ou bien on assume ?

Sampar

Comment traduire en images le sentiment d'un amour naissant dans le visage de notre héros ? Plus facile à écrire qu'à illustrer tout ça !

Dominic ne devait pas avoir la mine angoissée d'un garçon qui a des problèmes de fermeture éclair devant sa classe… Ou apeurée devant une aiguille sur le point de lui transpercer la peau… Ou encore le regard hanté à l'idée de partager une cellule de prison avec un ancien détenu, haut comme une montagne…

J'ai donc plongé dans mes souvenirs pour imaginer ses traits.

Au contraire d'Alain, qui est un monsieur depuis très longtemps, j'ai pu me rappeler mes dix ans et avec facilité en plus.

Curieusement, j'avais davantage envie de sourire que de grimacer !

GARANT DES FORÊTS INTACTES

Ce livre a été imprimé sur du papier Sylva enviro
100 % recyclé, traité sans chlore, accrédité Éco-Logo
et fait à partir d'énergie biogaz.

Achevé d'imprimer
sur les presses de Marquis Imprimeur
en juillet 2010